清晨的风徐徐吹来，
带来花草的清香。
伴着鸟儿的歌唱，
又是美好的一天！

真香呀！
是米粥的香味，
从妈妈的厨房里飘出来。

3

小鹅，我发现一个小秘密：
妈妈很喜欢做米饭、小米粥、馒头、面条、豆浆。

我也很喜欢呀！
它们都是很棒的食物，
里面藏着植物种子的"超级能量"，
能给我们带来健康。

大米饭的来源是水稻的种子，
小米粥的来源是粟的种子，
馒头、面条的来源是小麦的种子，
豆浆是黄豆、绿豆等豆类的种子磨制的。

6

种子会有什么"超级能量"呢？

树的种子，会长成参天大树。

水果的种子，会结出沉甸甸的果实。

小麦的种子，会结出金灿灿的麦穗。

小草的种子，即便落在石缝里，也会努力向着阳光，长出绿油油的小草。

7

原来种子里藏着如此大的能量！

8

我们把谷物的种子作为主食，一日三餐都要吃，而且要认真咀嚼每一口食物，让种子的能量变成身体的能量，帮助我们健康成长。

好好吃饭，要以谷物的种子为主食，
为什么还要认真咀嚼呢？

这是一个很棒的问题！
想要知道问题的答案，
我们先要知道食物消化的秘密。

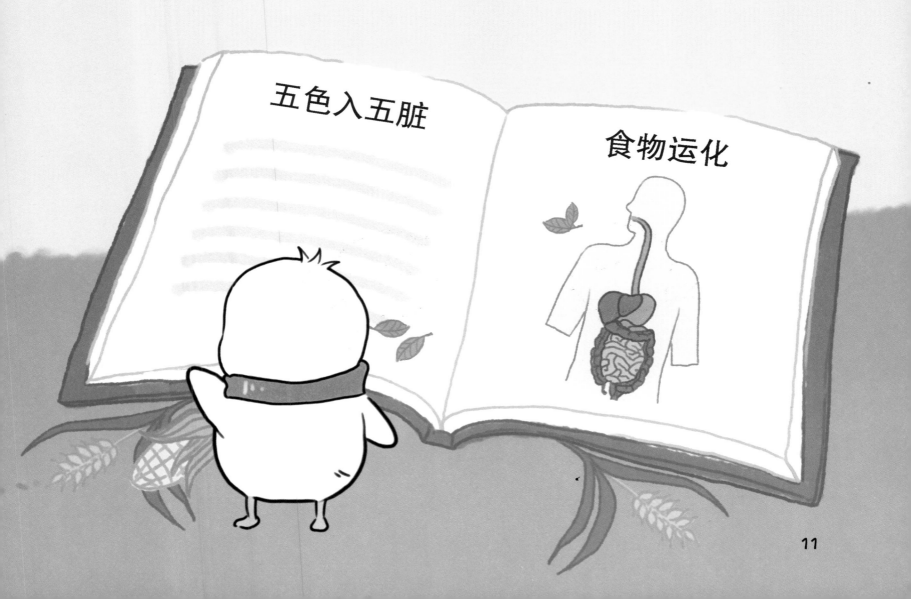

五色入五脏

食物运化

食物进入身体后，先进入"胃"这个大仓库，胃"小精灵"
会对食物进行初加工，然后再交给小肠"小精灵"进行精加工。

我先初加工食物。

我再精加工。

○ ○ ○　○ ○ ○

食物进入身体后，发生了什么？

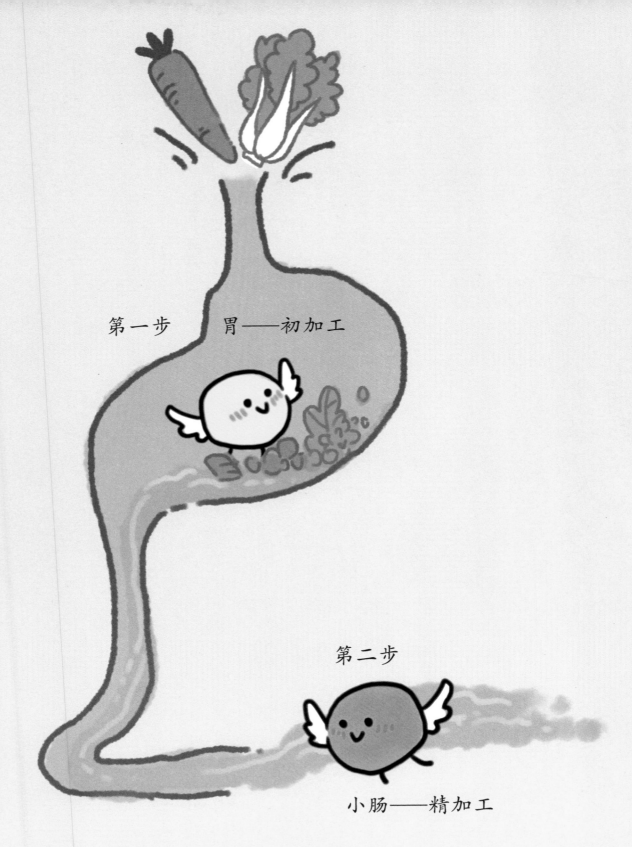

第一步　　胃——初加工

第二步

小肠——精加工

13

小肠"小精灵"把食物分为两部分：一部分是水谷精微，给身体提供能量；另一部分是糟粕，需要排出体外。

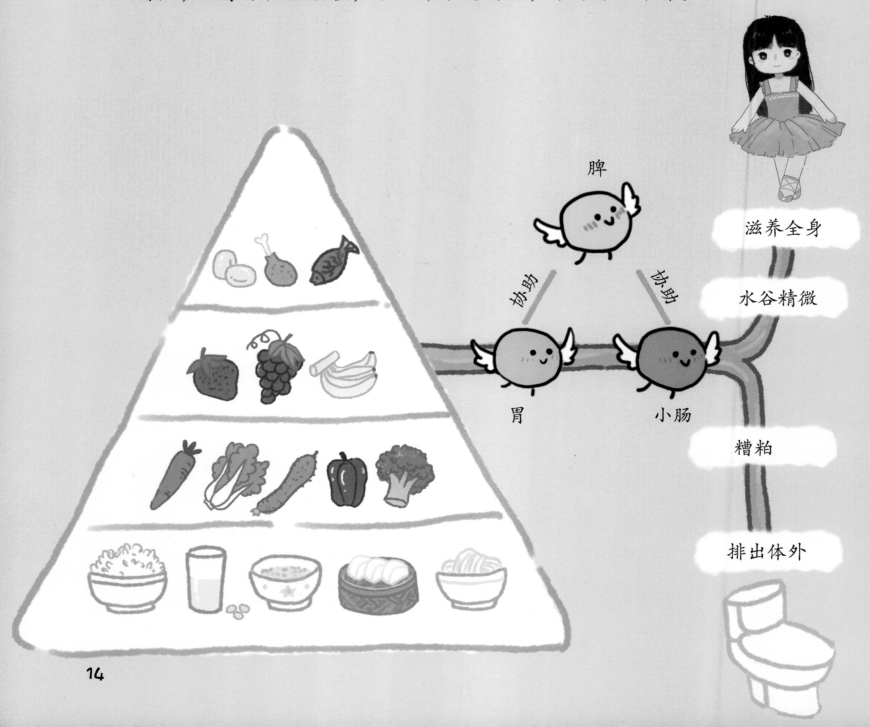

小肠和脾、胃是好搭档，把食物变成气、血、津液，让身体充满活力。

小肠

15

如果我们吃饭时多嚼一嚼，把食物嚼碎，胃"小精灵"会无比开心，因为这样它就能很轻松地把食物加工完成，再交给小肠"小精灵"。

如果我们狼吞虎咽地把食物吞进肚子里，胃"小精灵"需要花很多时间把食物磨碎。这样会消耗胃"小精灵"过多的能量，胃也可能会被大块的食物伤害。

如果胃"小精灵"能量不足了，
身体会出现什么问题呢？

18

过量的食物会变成身体的负担，导致身体出现
积食、便秘、食欲差、营养不良等问题。

我明白了！
好好吃饭，就要多嚼一嚼，
好好保护胃"小精灵"，
别让它受伤。

吃饭时多咀嚼，谷物种子的能量才能变成更多的身体能量，帮助我们长大。

身体里的其他"小精灵"喜欢我们做什么呢？

每个"小精灵"都喜欢我们好好吃饭，不挑食。

为什么不能只选择自己喜欢的食物呢？

因为不同的"小精灵"要从不同的食物中获取能量呀!

身体里的五脏"小精灵"，
各自喜欢什么食物呢？

26

肝"小精灵"喜欢绿色的食物，
心"小精灵"喜欢红色的食物，
脾"小精灵"喜欢黄色的食物，
肺"小精灵"喜欢白色的食物，
肾"小精灵"喜欢黑色的食物。

中医里的『为什么』

好好吃饭，不挑食，
让每个"小精灵"都从食物中获取能量。

白色的冰激凌会帮助肺"小精灵"吗？
黄色的糖果会帮助脾"小精灵"吗？

这些食物不能帮助"小精灵"，
吃多了还会伤到"小精灵"，导致生病。
"小精灵"最喜欢纯天然的食物，
因为大自然里的食物能量，
更能帮助我们健康成长。

如果不吃绿色的蔬菜呢？

如果我们不吃绿色蔬菜，肝"小精灵"就会能量不足，
五脏"小精灵"没办法齐心协力保护我们，我们就很容易生病。

33

好好吃饭，
多吃五谷，多咀嚼，不挑食，
好好保护身体里的"小精灵"，
让食物的能量变成我们身体的"超级能量"。

好好吃饭，
才会健康成长，
让我们聪明伶俐，
充满活力！

中华优秀传统文化中医药知识启蒙系列

中宣部"中华优秀传统文化传承发展工程"支持项目
全国中小学中医药文化知识读本小学版（上下册）

中宣部"中华优秀传统文化传承发展工程"支持项目
全国中小学中医药文化知识读本中学版（上下册）

我不要生病①（全5册）

我不要生病②（全5册）

小穴位大用处（全5册）

小穴位大用处②（全5册）

岐黄爷爷的仁心中医馆（全4册）

孩子们应该知道的66个中医启蒙小知识（全2册）

我是一个健康又快乐的小孩

我不要戴眼镜

写给孩子们的针灸知识启蒙书

更多作品持续出版中

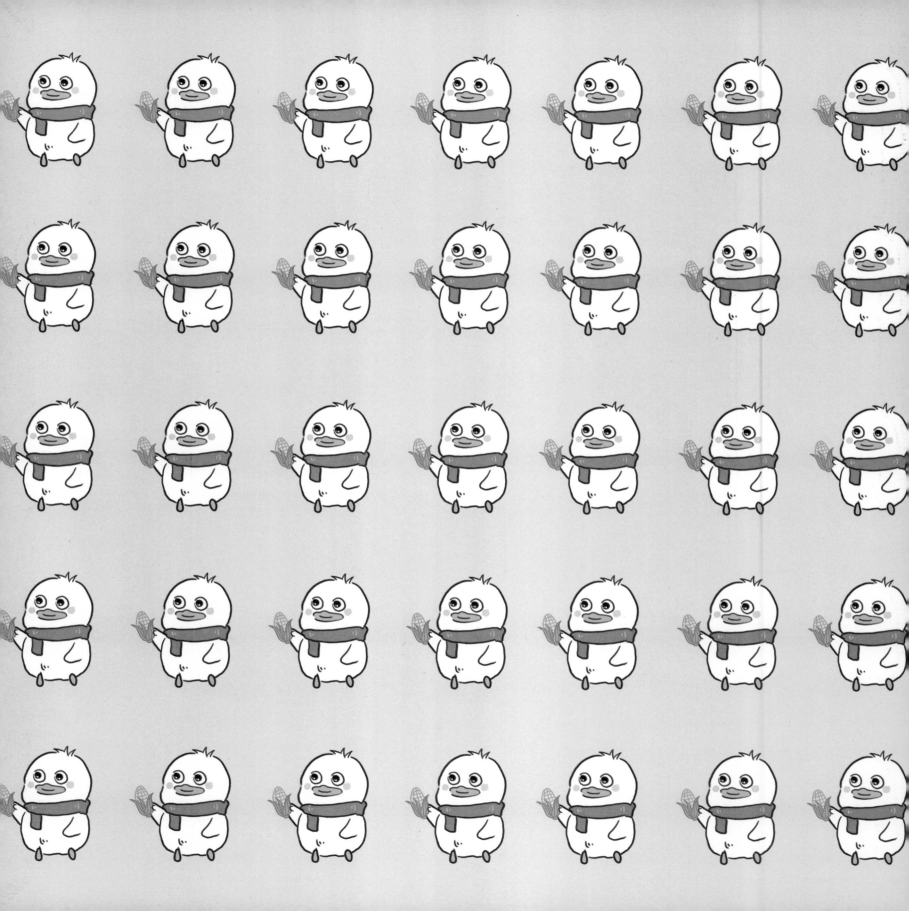